「君は僕の太陽だ」と夫に言ってもらいたい

～愛で溢れる毎日を丁寧に味わう暮らし方

中和田美穂

Clover
クローバー出版

はじめに

毎日の中に息づく物語が、
あなたに見つけてもらえるのを待っています。

どこからか漂ってくるキレイな香り。
日々のお食事への祝福、感謝。
胸の鍵盤を押されたように響く音楽。
しなやかに澄みわたる自然の美しさ、気配。
愛するものたちの存在の健やかさ。
奇跡はいつも、そここに。

心の目が開かれたなら、
日々に散りばめられた様々なシーンは、鮮やかに色づき始めます。
名もなき日常に溢れるアレコレを、丁寧に掬いとりながら……暮らしを慈しむ心に結んでいきたい。

この本は、
そんな想いをありったけ込めて、綴りました。

私の祈りが、あなたの豊かさへと続いてゆきますように。

もくじ

はじめに　004

第一章　何ひとつ無駄はない

01　「今」を味わう　012
02　私にとっての「心の美しさ」　018
03　軽井沢で暮らしたこと　022
04　自分にフィットする方法　030
05　空想レストラン　034
06　ラブレター　040
07　土鍋でご飯　044

08 キライではないのです 048
09 決めて納得する 054
10 何ひとつ無駄はない 058

第二章 歌うように

11 コントラスト 066
12 「君は僕の太陽だ」と夫に言ってもらいたい 070
13 あの夏を振り返る 074
14 「幸せ」はどこにある？ 080
15 そんなこと、誰が決めたんだ 084

16 自分という人間の一流になろう 088
17 歌うように 092
18 ラブレター2 096
19 始めの一歩 102
20 愛を生きる人 108

第三章 愛の形

21 夫と私の愛の形 112
22 愛が欲しい 120
23 私は私のままでいい。みんな違ってみんないい。 122

24 等身大の美しさ 128
25 イメージ 130
26 ある日のインスピレーション 134
27 レモンの形のお月様 136
28 あの場所まで 138
29 幸せを巡らす人 142
30 ちっぽけだけど偉大な 148
31 ストーリーテラーの眼差しで 150
おわりに 154

第一章

何ひとつ無駄はない

01

「今」を味わう

「今」をきちんと味わっている？

時折、自分に問いかけてみていることです。私はなにか「良い兆し」があると、「きっとこれから、とってもhappyなことが起こるんだ!!」とワクワクドキドキして、それを楽しみに待つようなところがあります。自分のことを「兆しハンター」なんて呼んじゃったりするくらい、未来への良き兆しを探すようなところが。例えば、よく行くお風呂屋さんの脱衣所のロッカーナンバーが、

夫　88

私　77

だったとか、目の前を黄色い蝶々が通り過ぎたとか、連続して彩雲を見たとか。

それってとても幸せな気分を味わえることだし、そういう心をナナメに見るのはつまらないことだと思います。喜び探しは、上手に越したことはありません。でも、その一方で、こんなふうに感じることもあります。なんだか、いつも「未来に起こるであろう幸せ」に想いを馳せてばかりいて、今をちゃんと味わっているかな？　って。


「きっといつかは」

「きっと未来は」


と考えることは、もちろん、決して間違ったことではありません。

それを「希望」と呼ぶのだと思うし「希望」があればこそ「今」を生き続けることができる、苦しい立場の方もたくさんいらっしゃると思います。

けれど、私が良き兆しを見つけて、未来に幸せを待っている時、それは「今」を少しだけ疎かに捉えている心の時もあるんじゃないかって思うのです。

「今は、日々の中につまらないこともあるけれど、いつかはキレイさっぱりぜーんぶなくなって理想の毎日になるんだ！」っていう「今が面倒くさくて逃げたい心」が隠れている時が。

でもね、そういう「魔法」みたいな希望ってあるのかな？

時は飛ぶように流れ「いつかは……いつかは……」と夢想家として生きてはこられたけれど、その「いつか」はいつ来るのかなぁ？　と、年老いた時の私が思っていませんように。

「今」「今」「今」に

幸せは満たされているということを、しっかり丁寧に味わっていくんだよ！って、時折、自分に言い聞かせているのです。

そして、人は、「今」を充分に味わいきれないくらいに、心や身体が疲れてしまうこともあります。そんな時も、いや、そんな時こそ抗わないで「今」を味わっていようと思います。

不甲斐なさや、やるせなさごと見つめて、「今をありのまま受容する」と、閉ざされていた感情に、視界が広がる瞬間が訪れます。

流れて楽になる、それが実はなによりの秘訣だから。

02 私にとっての「心の美しさ」

「心の美しさ」

私は、生涯それを磨き続けていきたいし、そこに深く魅せられる人間です。とはいえ「心の美しさ」とは輪郭の大きな抽象的な言葉です。

それに対するイメージは人それぞれだと思いますが、私は「完璧な完成された」状態だけを美しさとは感じていないのかもしれません。

20代の頃、「水に音楽を聴かせて結晶化させる実験」について記された本に出逢いました。その本の中で「バッハの曲を聴かせた水の結晶」は、美しい形なのだけれど、「どこかひとつ欠けた部分がある」という結果が現れた……と書かれていたのです（ちなみにモーツァルトは「完璧な美しい形」を現したそうです）。

私は、そのことに胸が震えました。昔からバッハの音楽にとても心が響くからです。

それがどうしてなのか？　の答えを知ったような喜びでした。なぜなら「完璧までは到達していない」という、その「ほんの少しの欠け」こそが、私を深め、広げていこうとする原動力になっているし、「進化したい」と思い続けていくための「まだなのだ」という感覚……、私はそこに強く惹かれる人間だからです。そういう人の心の営みに美しさを感じます。

また「心の美しさ」とは「自分に与えられたストーリー」……日々の出来事、そしてその連続体である人生を、どれだけ美しく読んでいくか？　という「解釈力の美しさ」だとも私は捉えています。それは決して「臭いものに蓋をして、見ないフリをして美しく解釈する」ことでも「現実逃避して、別のものにすり替えて美しいものと解釈する」ことでもなくて「あった出来事をありのまま見つめたうえで、自分に与えられたシナリオを美しく解釈する」という力です。

私は有り難いことに、子どもの頃から「こじつけ力」だけは豊富に持って

私にとっての「心の美しさ」

いました。その「こじつけ」はつまらないような出来事を、理屈に合った形でハッピーエンドに結びつけるという解釈に繫げることに発揮されてきました。結局人生とは「起きた出来事を、どのように解釈するか」に尽きると思うのです。

なににフレームを当てて
なにをメッセージと捉え
なにを採用していくのか

私は自分自身の物語の「名ストーリーテラー」でありたいと思って暮らしています。人生、酸いも甘いもあってあたりまえ。だからこそ「心の美しさ=解釈の美しさ」を磨き続け、ここから先の人生も幸せに読み解いていきたいと思っています。

03

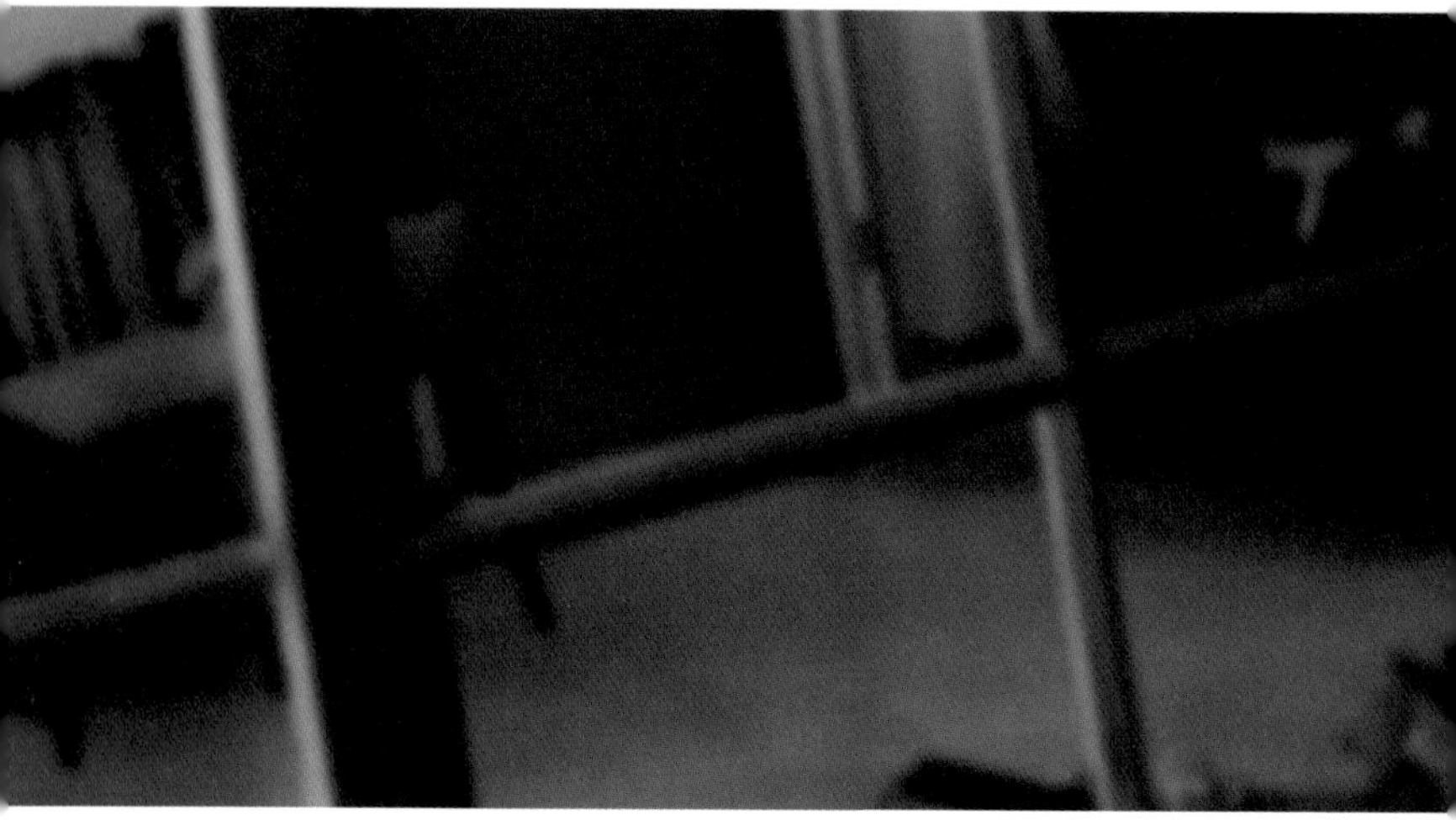

20代の頃、軽井沢でリゾートバイトする！と決めて4ヵ月くらい暮らしていました。

どうして軽井沢か？

「自分には、長野の空気が合っている！」という直感からでした。はたして……、それは……、あたっていました！　心も身体もすこぶる調子が良く、虚弱体質も吹き飛ばし、元気に過ごせる日々でした。

旧軽井沢銀座通りにあるハチミツ専門店とそこから少し離れた木立にあるカフェ。この2箇所が、私の仕事場でした。ハチミツ店の2階が寮になっていて、そこで、何人かの女の子と暮らしていました。

すぐお隣は有名なベーカリーで、早朝から

軽井沢で暮らしたこと

焼き立てパンの香りが届き、それで毎日がとても幸せな目覚めでした。バイトの期間、最初から最後までいたのは、私とあみちゃんという女の子で、いつも真面目で一生懸命なあみちゃんと、ヘラヘラおふざけキャラの私は、はじめ、ウマが合わないかもと感じましたが、そのうちいろんなことを語り合い、家族みたいな間柄になっていきました。

ベーカリーとは逆のすぐ真横に、シルバーアクセサリーのお店があって、そこのユタさんという男性と、あみちゃんの恋をとりもったのは私でした。

夜、仕事が終わったあとに、2階の、こちらの窓からあちらの窓へヨイショと渡って愛

いらっしゃい

を育みに行くあみちゃんを「お幸せに〜！」と手を振って見送ったことも懐かしい思い出です。

ちょっぴり疼く我が恋人への想いも、精神的自立を果たしたかった当時の私にとっては程よいスパイスで、煽られながらも、グッと堪えて頑張ることができる自分の成長を、内心、大いに喜んでいました。愛だ恋だが、すべてだったその頃の私にとって、それは大きなチャレンジだったから。

軽井沢では休みのたびに、一人で自転車を漕いで好きなところに行きました。

ジョンとヨーコが訪れたことで評判だった「カフェ　離山房」。木立のテラス席にリスが遊びに来る「カフェ　ラ・フィーネ」。ロシアンティーが美味しい「カフェ・ミハエル」。蛍光灯の使い方のお洒落さとコーヒーの美味しさに感動した「茜屋コーヒー店」。大好きで、ポストカードを何枚も買った「ペイネ美術館」。絵本集めのきっかけになった「絵本の森美術館」。

ある休日は、紅葉狩りにもってこいの日で、思い立って一人山に入り、鮮

やかに染まる森の美しさに圧倒されて、ポロポロと涙をこぼしました。ハラハラと紅の葉が舞う木立に一人立ち尽くす、その感動を伝える相手が横にいないことが、余計に私の胸を、いっぱいに満たしたのです。
それは「感じたことを、こんなにも共有したい私」の泣けてくるほどの健気な想いでした。
そういえば、カフェの厨房を担当した日、忙しいランチタイムの出来事も忘れられない。なんと、外から突然入ってきたスズメバチが、私の左腕（しかも素肌）にとまったのです。私は元々、超ビビリなくせに、本当に切羽詰まった状況になると、ドスンと肝が座るところがあり、その瞬間、ものすごく冷静な気持ちになりました。とまられた本人をヨソに、慌てる厨房スタッフを目で落ち着かせ、1ミリも動かず無心になることに集中しました。
「私は木……私は木……」と心で唱え、じっとすることなんと約30分。おかげさまで、何事もなく、スズメバチは私の左腕からまたどこかへと飛んで行ってくれたのでした。

当時恋人だった夫も、一度は仕事の休みをとって遊びに来てくれたっけ。久しぶりに会った時、待ち合わせ場所で、私が来たことに気づかない夫がしていた何気ない仕草を、今でも私はたまに思い出します。ガラスに映る自分の、髪やシャツの襟をせっせと整えていた。もうすぐ会える彼女に、できるだけカッコいい自分を見せたかったんだろう。

お互い、はるか遠くに置き去りにしてしまったそんな初々しさを時折思い返しては、じんわりと心が温かくなるのでした。その初々しさと引き換えに育ったものは「馴れ合い」で、馴れ合いすぎて、細かいことにまでいちいち目クジラさえ立てなければ、この世界にいる他の誰よりも疲れずに一緒にいられる……それはそれで素晴らしい恩恵なのだ、ということもわかりながら。

毎日一生懸命働いて、一日一日を丁寧に過ごしました。仕事を終えて寮に帰ると、小さな浴室にキャンドルを灯し、お酒も持ち込んでゆっくりお風呂に浸りました。その時「エンヤ」の曲を流すことも必須でした（私はそれを、「エンヤ風呂」と呼んでいました）。

朝食と夕食も、きちんと作って食べていました。スーパーで好きな食材を買って、自分のために料理することが、とても豊かに思えたからです。軽井沢で得たものは、「一人の時間を豊かに満たす」という感覚です。誰かのためにではなく、自分自身のために使う、丁寧な時間。

今はいろいろな立場があり、自分だけに向き合う時間は、たくさんはないけれど、私にとってそれは、とても大切にしていたい感覚です。どこにいても、どんな時代でも。

軽井沢で暮らしたこと

04 自分にフィットする方法

私はけっこう、完璧主義なほうだと思います。

けれど、それは決してカッコよくは機能せず、「気持ちばかり前のめりで、結局身動きがとれなくなるパターン」に着地してしまいがちな、困った働きしかしていないほうのそれです。

目標はあるけれど、いつだってそれは、自分から遠く高くにキラキラしていて、あれもこれもそれもしなくちゃ辿り着けない。その自分の目標自体に押しつぶされて、結局しょんぼりしてしまう状態のなんと多いこれまでだったことか。

人はそれぞれ「資質」が違う。だから当然、「大きな目標」にコツコツ取り組むことができる人もいる。一方、私は目標を持つと高くなりすぎてしまうくせに、いわゆる「長期的視点」で取り組むと途方に暮れてしまい、結局途

ぐーたら

中で投げ出して、どんどんしょぼくなっていくタイプ。

それに気づいてからは、取り組み方を変えて、「一日の経験」をいかに満たしていくかに意識をシフトして暮らすようになりました。

朝起きて「さて、今日をどう充実させようか？」と考える。言うなれば、「一日をどう満たすか」が目標。そうすると私の場合は、「不測の事態」が起きたりしても、動揺が少なくなるという効果もついてきました。「おっ、とそうか……でも今日一日を充実させるという目標に対しては、そんなに差し障りないナ」と、心に余裕を持ってそれを受け入れることができるのです。

「おはよう！」と言って生まれ、「おやすみ」と言って幕を閉じる。

一日完結のドラマ。その方法で、私は一日を精一杯生きて、結果、幸福度を上げることもできるようになりました。

ちなみに、私にとっての「一日を充実させる」の基本パターンは、まずは毎日の家事を気分よく行うこと。家族と過ごす時間は、なにより大切なのです。感性を磨くために出かけたり、会いたい人に会ったりもします。畑や読書なども。そして、疲れてしまってどうにも身体が動かない時には、「休む」という形で、一日の充実を図ることも受け入れます。

そういうふうに毎日を満たして暮らしていると、その積み重ねが馬力と自信に繋がり、いつしか「遠すぎて高すぎると思っていた目標」に近づいているのかもしれません。「目標（理想）」を叶えるための、自分にフィットした取り組み方が見つけられると、動きが軽やかになります。

そのためには「私ってどういう人間？」なのかをちゃんと知ることが大切です。それを知らないで、人のやり方に照準を合わせていると、いろいろとズレていってしまうから要注意！

05 空想レストラン

両親が離婚し、それぞれの暮らしをしているから、私にはいわゆる「帰る実家」というものがありません。

うちの両親は、二人とも「自分ファーストで我が道をゆく」アッパレな人たち。なので、心だけで故郷に帰る……ということも中々イメージしづらかったりします。

だからとても憧れるのです。懐かしさと安心感、そこに行けば、自分も誰かの子どもであると感じることができる、ただひとつの場所。

けれど、そうして望んでも叶わないものは、人生にはそれなりにあるものです。だから私は、もう少し叶いそうな場所をイメージします。

「空想レストラン」

疲れてしまったり、悲しくなってしまった時、その場所を思い描きます。

木立ちの中をすすんで行くと、窓から暖かな灯りがポッと点っている。嵐みたいな冷たい夜でも、ここに辿り着けば毛布でくるむように迎え入れてくれる。

「おかえりなさい」
「やっと着いたよ！　ただいま」

そういえば、私のこの空想レストランのイメージに、とても似ているいいビストロがありました。以前、イタリアンのお店で一緒に仕事したことのあるS氏が任されていた、小さなお店でした。森の中にこそなかったけれど、その佇まいが見えてくると、窓から漏れるオレンジ色の灯りにホッと心が緩んだものです。

店に入ると、いくつかのカウンター席、厨房にはフライパンやレードルやトング……様々な調理器具がぶら下がっていました。

私が特に気に入っていたのは、カウンターのフロアから4、5段下りた場

所にある小さな部屋。使い込まれて、いい感じのアメ色になった木の床と、触るとひんやり冷たいけれど、あたたかなランプの光を包み込む漆喰塗りの壁。それ以外に、これといって素敵といえる装飾はないのだけれど、ゆったりとしたJAZZの響く穴蔵のようなその空間が、私はたまらなく好きでした。これまでで、私にとっては一番！と言えるくらい美味しいピクルスと、飲み口の薄いグラスに注がれた、キリリと冷えた白ワイン

（またはアマレット）で始める食事に私は心底癒されました。いい空間と美味しい食事があれば、私にとってそこは「安心する実家」となり得るということ。

なんと単純な！

そういうわけで、当時、不妊でしょっちゅう心のコントロールを失っていた私が、いよいよおかしくなった時、決まって夫はその店に連れて行ってくれたものです。

帰る頃には落ち着いて、ほろ酔いの上機嫌で帰宅できたっけ。

けれど、S氏のビストロは、少し行かない間に店閉まいをしてしまったのです。

そんなわけで、私が帰りたい「空想レストラン」は、また空想に戻ってしまったので、どなたかそんなレストラン作ってくださいませんか？

06

ラブレター

少し遠くまで車を走らせるから、退屈だし、なにか好きな音楽を聴きながら行こうと思ってオフコースを選んだ。寒い日が続くと聴きたくなる。まだまだ子どもで、ガラスみたいにピュアだった頃に毎日流していた。中でも「言葉にできない」は、私にとって大切な曲だ。当時、大好きで両想いになれた男の子がカセットテープにダビングしてくれた。二人で散歩の帰り道に「はい」と渡され、口から音が聞こえるんじゃないかと感じるくらい、ドキドキしながら家で一人、テープレコーダーの再生を押した。

「あなたに会えて本当に良かった　嬉しくて　嬉しくて　言葉にできない」

今聴いても、同じように胸が熱くなる。あの日の幸福感が、そのままの温もりでよみがえる。車を走らせながら、感動して泣けてくる。

子どもの頃の私は、両想いになったとしても、自分が「好き好き」言うのはよくても、相手がそういう感じになるとなんだか居心地悪くて、冷めてしまうようなところがあるワガママな女の子でした。けれど彼は、「大好きだ」と交換日記に書いてくれるだけで、涙が出るくらい嬉しくなってしまうような、初めての感情を与えてくれた相手でした。

この人とずっと、ずっと一緒にいられますようにと願った初めての相手。そして、月日は流れ……今、私はその彼と同じ家に暮らし、二人の間にかけがえのない子どもも授かりました。

小さなわだかまりや、大きなわだかまりが重なって、彼の前でちっとも可愛く笑えない日々もあったし、修復できるのかな？　と思うような喧嘩もたくさんしてきました。けれど、私達は決してお互い向き合うことをやめずに、たくさんのことを共に乗り越えてきました。

私は、大好きな小説に綴られた「魂から結ばれた二人は、未来永劫一緒にいて別れはない」という1節を読んだ時、心の底から安心しました。

この世は無常だというけれど、愛し合って、愛を育んで、結ばれた男女に永遠があったっていいじゃない、絶対に変わらないものがあったっていいじやないと、心底安堵したのです。

それは乙女チックな幻想で、現実は、そんなにキレイなもんじゃないと言う人もいるでしょう。けれど、「少しくたびれていること」が、現実的だと考えるより、私は「キレイなこと」にリアルを感じていたい。

人間が創り上げた、苦しみも汚れもある現実から、目を反らそうとは思わない。けれど私は、本当のことはキレイなんだと信じています。

「あなたに会えて本当に良かった」

どうか、私達二人が、魂から結ばれた未来永劫の二人でありますように。

07 土鍋でご飯

ふと気づいたことがありました。

私はかれこれ20年以上、ご飯を土鍋で炊いているのですが、「面倒ではないの？」という質問に、ずっと「なぜか炊飯器より身近なの」と答えてきました。

けれど、その理由は正直自分でもはっきりとわかっていませんでした。ボタンひとつの炊飯器のほうが、ずっと身近じゃないのかね？　って。自分はカッコつけたくてそう感じているのかなぁ。ほら、「土鍋でご飯」って、なんだかそれだけで丁寧なイメージがあるじゃないですか？　でもそうじゃない。だって、炊飯器だとどうしてもご飯を炊くことが億劫になってしまうのです。よって、素敵イメージのために痩せ我慢してるわけではなーい！

それで、わかったのですよ、その理由！　土鍋でお米を炊く場合、火をつ

土鍋でご飯

けて煮えて沸騰してきた音やほんのり漂ってくる匂い……、鍋が醸し出す気配とかを感じ取りながらの作業になるんです。

そういう、自分の持つ感覚をたくさん使って、炊き上げる。炊飯器だと、その工程がまったく必要なかったりするのです。便利といえば、便利なのですが、いっぱい五感を使うことが大好きな私は、普段の暮らしからも、できるだけそれが味わいたかったんだ！ ってこと。


五感を総動員でできることのほうが、身近に感じる。というか、そうしていたい！ という欲求です。子どもの頃のおままごとが大好きだったその延長です。ちゃんと答えに辿り着くと、はあ！ スッキリ。

もちろんこれは、好みの話で、便利な道具で時間の節約をして、その結果、生まれた時間を思うように使うことも素敵ですよね！

私の場合は、なんでも「感じたい」欲が強くて（コワいとか苦しいとかは、もちろんノーサンキュー）、普段から、五感を使う時間がちりばめられている

土鍋でご飯

Life Styleが好みなのです。

これ、気づかないで取りこぼすと、もったいないですよね。

普段、あたりまえに炊飯器を使っているかたで、私みたいな感覚のかたがいたら、ぜひ「土鍋でご飯」試してみてほしいです。

そんな日常のささやかな場面も、「自分好み」が選べていると、幸福度がグンと上がりますから。

08

キライではないのです

娘がやっと歩き始めた頃の話です。

穏やかな昼下がり、二人で森林公園をお散歩していた時のこと。キャッキャと歩いていく娘の後姿を見守りながら、のんびりすすんでいると、まるで私たちのペースに合わせてくれているかのように、一羽のカラスが木から木へと移りながら常に横にいるのです。

「私のことはカラスが見守ってくれているんだな」なんて、脳天気な私はチョッピリ嬉しい気持ちになって……たまに「カア」とか話しかけてもくるし、「フレンドリーなカラス……」と微笑みかけたりもしてみたり。

あぁ平和だなぁ。

あぁ平和……。

……なのか……？

と感じ取った瞬間、辺りの空気はガラリと一変。

「チガウ！　ヤバイ！」と私の中の危険ランプが点滅を始めました。

私は、し～ず～か～に早歩きを始め、娘を抱き上げるやいなや、猛スピードで走り出す！　そうしたら、そのカラスは、いよいよ戦意むき出しで、バサバサと二人を追いかけて来る！　ついには後ろから、私のアタマをクチバシで一撃！

「ギャーッ！」

……たぶん小さな娘を狙っていたのだろうと思います。それで、母親のほうをまずは追っ払おうと……。私、ひょろひょろして弱そうだしね。あの時はさすがに怖かったな……。少し、血も出たし。

やっとみつけたオバ様達に助けを求め、皆さまが勇敢に追っ払ってくれたからオオゴトにはならないで済んだけれど、いてくれなかったらどうなっていたことか……。本当に有り難かったです。

キライではないのです

なんてこともあったのですが、実は私、カラスのことキライじゃないんです。ゴミも荒らすし、農家さんが汗水垂らして蒔いた種や苗を、かたっぱしから食い散らかすこともあるから、呑気に堂々とは言いがたいところもあるのですが。

……あの空気感！「嫌われ者でけっこう」と見える潔い佇まい。そして「嫌われ者」なのにちっとも可哀想に見えない、哀愁が漂わないのです。集まっていると「いったいなんの悪だくみをしてるのかな……」って、私はつい笑ってしまう。食い意地でいったら、人間のほうがよほどエゲツないんじゃない？　と思いますしね。

ある時、車を運転中、枯れ枝の山のてっぺんに、一羽のカラスが黄昏ているのを発見し、「なんてクールでカッコいいの！」と、ひとつのアートに触れたような感動をおぼえました。

そういえば、子どもの頃は「七つの子」も好きでした。黒々光る羽におおわれて、クルクルお目々も真っ黒な七つの子が巣で親を待つ健気さを思うと心が温まったなあ。

そう、誰かが「キライ」と言ったって、頭を突っつかれたって、私はあなたをキライじゃない。

キライじゃないから私たちを襲うことは、お願い、どうかもうしないでね！

09 決めて納得する

娘が二歳くらいの時にいただいた赤ちゃんのお人形がいて、娘はその子に「ペリー」という名前をつけて、ずっと大切に可愛がっていました。確か、小学5年生くらいまでは。

ペリーはほぼ実物大の、わりとリアルな赤ちゃん人形で、一人っ子である娘にとっては、妹のような存在だったのかもしれません。

絵本を朗読して聴かせたり、お年玉で大量に買ったペリーのためのベビー服（リサイクル品）を着替えさせたり、ベビーカーに乗せてお散歩したり、熱を出したペリーの看病をしたり。

大切な存在を世話する喜びを味わう娘の様子を見るにつけ、胸が温かくなったものです。

ある時、家族でお好み焼き店に出かけようとした日も、私が手伝って、おんぶ紐でおぶったペリーが娘の背中に眠るまま、車で店まで向いました。

そして、いざ、店に入ろうとする時、そろそろ自意識も芽生え始めていた年頃の娘は、

「どうしよう……恥ずかしいから車に置いていこうかな」

と、初めて言いました。

「恥ずかしいと思う気持ちが大きいならそうすれば？」

と声をかけてみたら、

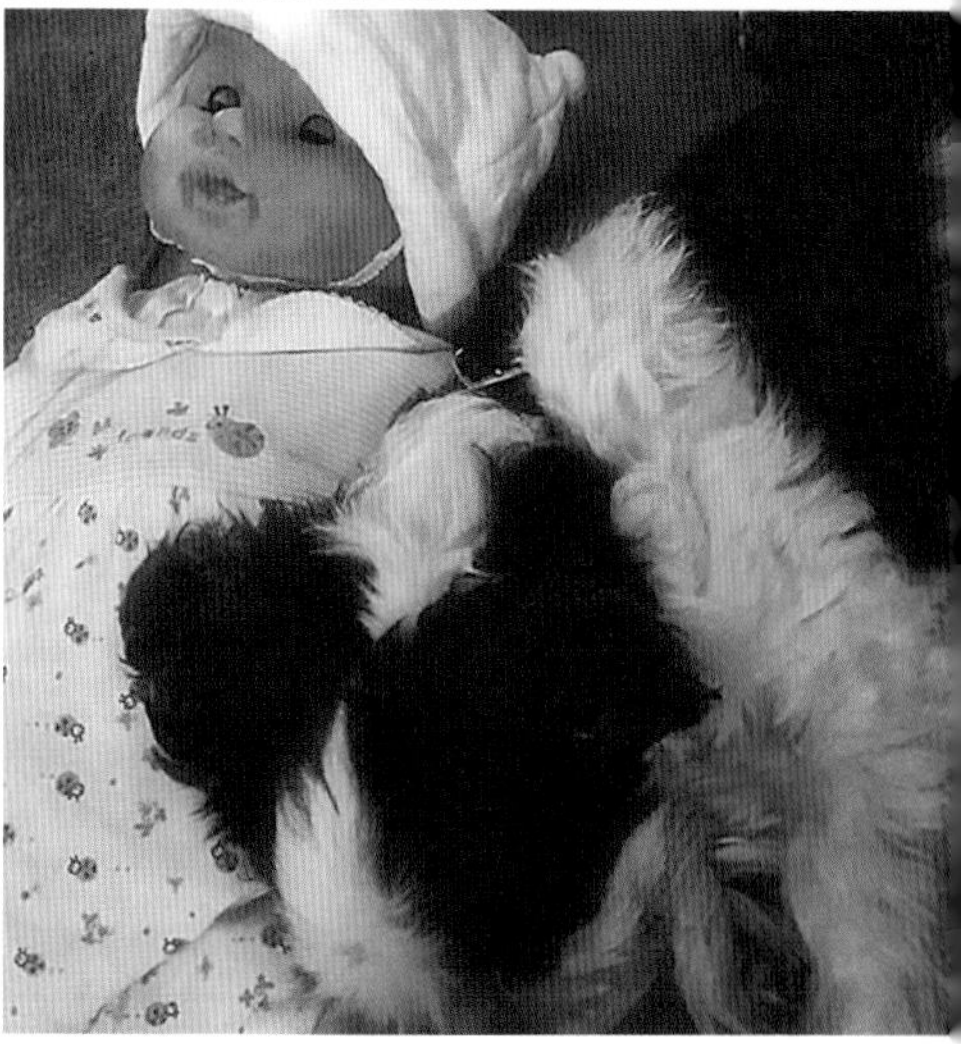

「でも私……ホントはペリーのことがすごく可愛いから、かわいそう……」
と。だから今度は、
「可愛いという気持ちが、恥ずかしいという気持ちより大きいなら連れていきなよ」
と言ってみました。

そうしたら娘は、恥ずかしそうではあったけれど、そのままお店にペリーを連れていき、店の端にあるキッズスペースで、一緒に滑り台をして遊んでいました。

相反する気持ちが心の中にある時も、自分の内側を見つめて、気持ちの大きいほうを正直に選んで決められる人になってほしいと、私は心から願っています。

そして、決めたら、決めたことを納得する強さを持つ人であれと思っています。

なにより、選んで決める時の基準が、温かな愛ある人であってほしいと願い続けているのです。

10 何ひとつ無駄はない

もう閉めてしまった店の話です。夫のリラクゼーションサロン、「グリンブルー」2号店。私は、その店の右も左もわからぬ「店長」として仕事をしておりました。その頃のことを、時折、思い出してみるのです。

「店長」とは名ばかりの、迷走だらけだったけれど、精一杯働いた日々を。

まだオープン前、なにもないがらんど

うな部屋を「店舗」にするために、必要なものを買い出し、エレベーターなしの三階まで、何度も何度も一人で階段を往復したっけ。ある日は、サロンインテリアの要だったオーダーしてあったカーペット。10メートルほどのグルグル巻きの……。あれ、いったい何百キロあったんだろう。それを、還暦くらいのオジサンが「届けに来ました」と、ポツンと一人エントランスに立っていて、「一人じゃ、持ち上がらないから」とおっしゃるんで、私が手伝いましょうということになり、三階まで、なんとか、かんとか、持ち上げたなんてこともありました。

どちらかというと、か細い中年女性である私がオジサンと二人……、物凄い重さのカーペットを運んでいる。その状況が可笑しくて、可笑しくて、でも、笑っ

て手を離したりしたらドエライことになる、という切迫したムードも当然隣り合わせで、そういう中々にシュールな状況の中、なんとかこらえて命懸けで運びきりましたのですよ。

あれは自分で自分を褒めましたよ本当に。

いろんなことがありました。基本的に、人とは穏やかに付き合っていたい私ですが、立場ゆえ、スタッフとぶつかることもあったし、顧客様から「良くない噂を聞きましたよ」と、店に関するご忠告をいただいたり（結果、事実に基づかないウワサ話でした）。ちょ、ちょっと。ウチのお店、違う系のサロンと勘違いされているんじゃ……？　というかたがいらっしゃったり……。

そういえば、思いきって出した、通りに面したバカでかい看板。最後に剥がすのも（元々設置してあったテナント用看板に貼るタイプのものでした）夫と私の二人で頑張りました。剥がれたところにつかまって、体重かけてぶら下がっても動かないくらい強力で、通りゆく車から、どんなふうに見えるんだろう？　って最後は二人、ゲラゲラ大笑いしながら、約一年で「グリン

何ひとつ無駄はない

「ブルー2号店」は幕を下ろしました。

すべてが、今となっては、本当に、本当に、深い学びでした。

後に、私がカラーセラピストとして自宅サロンをさせていただくことになったのも、この時のスタッフとのご縁がキッカケですし、その自宅サロンで出会った人や経験の数々が、私が、自分という人間の本質に還るためには、絶対的に必要不可欠でした。

ですから、たった一年だったとしても、私にとってはどうしてもなくてはならないお店でした。それなりの経費をかけて、けれど結果的にすぐ畳むことになったとは

いいえ、なにひとつ無駄はなかったと、心底感謝を感じているのです。

あと私、けっこう「俯瞰力」が高いほうだと思うので、それも助けになったと思います。

苦しい時こそ、「すべてが学びなんだ」という目で見ることができれば、心がくすんでいきません。その視点がないならば、人生は「苦しいことから常に追い回されている」ものになってしまうかもしれません。いつも誰かや何かのせいにする、お手軽思考に飲み込まれてね。

だから、もしも人生に歓迎できない何かが起きた時は、どうせなら「なんの学びがあるだろう？」と俯瞰して感じ取ったほうが、断然、お得なのです。

リアルタイムでは「苦しみ」と感じたとしても「実は大きなギフトだったのだ」ということに結ぶことができるのですから。

第二章 歌うように

11 コントラスト

好きで愛飲している紅茶を切らしており、夕方、いつものショッピングモールへ買いに出た時のこと。そこで親しい友人にバッタリ会いました。まずは他愛もない世間話をひとしきりしてから、私は「見て……こんなところに蕁麻疹ができちゃった！」と、目のすぐ下を指して見せました。

「どうした……？　ストレス……かな？」と友人。

私は、「今日のお昼に食べた炒め物の油が尋常でない多さで、その後昼寝したらできてたから……それだと思う」と答えました。でも、友人と別れたあと、歩きながら考えました。

「ストレス……かもしれないな」

つい前日のことなのに、なかったことみたいに忘れていました。今日も、いつもと変わらぬ平和な一日を過ごしていたから、すっかり頭から抜け落ちていたのです。

けれど、友人が投げかけてくれた言葉でちゃんと思い出すことができました。そう考えると身体って本当に正直です。

もうずいぶん若い、というか子どもみたいな年齢の頃から、どうしても解

決しない問題があります。
　私は、解決できることはできる限りのエネルギーを注いで解決し、清々しく生きていたい性分です。けれどその問題は、どうしても、どうやっても、どう在っても、どうにもならないのです。「本質的な根本的な解決」を望むことを、なのに私は手放すことができないでいます。
　そのことは私にとって最大の弱点であり難題です。でも、ふいに思うのです。
「解決しない問題だってあるんだ。そこに降参するしかない時もある」

「だけど『対処』はできる。自分が追い詰められないようにするためのベターな『対処』が」

そこから「じゃあ、具体的にこうしてみよう」と考える。

流されるのではなく「私が、私の想いの主導権を握る！」外側から巻き込まれて苦しいと、もがき続けないために。

そう決めて、ショッピングモールの外に出たら、西の空に夕日が沈んでいく美しいシーン「…………キレイ！」思わずつぶやきました。

苦しい感情に気づいた後のコントラスト、感動をより鮮やかに浮き立たせる。

すべてが実は最高のギフトなのかもしれない。

12 「君は僕の太陽だ」と夫に言ってもらいたい

チャーミングな人。

たまに買う雑誌のテーマに目を奪われました。

チャーミング。昔からこの言葉が好きでした。響きも、印象も、意味も全部好き。いつまで経っても「チャーミングな人」でありたい願望があります。

ちなみに私が思う「チャーミング」とは、自分のまんまで精一杯生きている人。その丸ごとの中に存在している「隙間」。

そんなわけで「チャーミング」に目がない私は、迷わず買ったその雑誌の、特集の最初からひとことも逃すまい！　とページを捲ります。

終戦直後のベルリンで、イングリッド・バーグマンが写真家の男性と恋に落ちたばかりの頃のエピソードを読んでジワッと涙が滲みます。その何気ない幸せな恋人同士のやりとりが、やけに胸に染みて。恋人である写真家の男性は、のちに、バーグマンへの手紙にこんなことを綴ったそうです。

〜人生には数少ない貴重なものがある――人生そのものではなく――陽気な心の持ち主だ。ぼくが愛したのはきみの陽気な心だったし、いまでもそうだ。そして男の人生には陽気な心の持ち主がかぞえるほどしかいない。〜
『イングリッド・バーグマン　マイ・ストーリー』（イングリッド・バーグマン、アラン・バージェス著／永井淳訳／新潮社／1982年）

そう、男性にとっての女性とは、「太陽」なのかもしれません。

けれど、女性の側はどうかといえば、例えば長く共に過ごす年月の中で、いつしか屈託ない笑顔を向ける機会が減ってしまうケースが多いように思うのです。

かくいう私こそがその典型で、このままだといつかこの世を旅立つ時「なにを出し惜しんで」「なにに意地を張って」私は最愛の夫に、笑顔を向ける機会を減らしてしまったのだろう……と、後悔することになるかもしれません。

そんな、変えようと思えば容易く変えられたはずのことをせずに、いざ旅立ちの時、情けなくてどうしようもない気持ちになるのは、本当にイヤだな。いいえ妻だって本当は、いつまでも笑いかけたい。他の誰に思ってもらえなくてもいいから、「君は僕の太陽だ」と感じていてもらいたい。けれど、日々の些細なわだかまりや、時に大きな理解不能の連なりで、「今更、若い恋人同士でもあるまいし」と、わかった大人のフリをして……夫の前で笑えなくなっていくのでしょう。

それでも、やっぱり女性は男性にとっての「太陽」なんだ、と思ったら、そこにこそ女の意地をかけて、素直な笑顔を向けられる女性でありたいと、心からそう思ってもいるのです。

13 あの夏を振り返る

あの夏を振り返る。

というより、私の「特殊能力」について振り返っています。娘の希望で、カブトムシを育てることにチャレンジした日々のお話です。

7月終わりのお祭りの帰り道。カブトムシの雄「カブちゃん」を道端で見つけ、連れ帰った娘。そこから始まったカブトムシの飼育。翌日には「カブちゃんの嫁さんを見つけるぞ！」と、家族揃って、夜の公園にくり出しました。

着くやいなや、夫と娘は電灯の下に走っていく。逆に私は、あてもなく動くことよりも、少しジ

ッとしていることを選びました。

そうしたら、頭の中に「小ぶりのカブトムシの雌」の映像がクッキリと浮かび、「あっちじゃないこっちだ!」と悠々と歩いて行った先に……。

はい、見事ママがゲット!

公園の帰り道、ものの5分ほどで私が見つけた「オトちゃん(雌のカブトムシの名前)」は私の手の中で、心配するくらいにジッとしていました。けれど、帰宅したらとても元気に動いたので、きっとあの時は、私の手の中が心地よくて、まったりまどろんでいたのだろうと思い込んでいます。

さて、ツガイになった我が家のカブトムシ「カブちゃん」と「オトちゃん」。でも雄と雌だからって「夫婦」になるとは限らないらしい。カブトムシにも、相性はあるから……。それを心配して娘は不安そうに言いました。

「ちゃんと結婚してくれるかなぁ……」

私は静かに断言しました。

「大丈夫。間違いなく結婚する」

私は、パーフェクトなタイミングで、決まっていたことのように見つけた「オトちゃん」が、「カブちゃん」の嫁にならないワケがないと信じることができたのです。

世話焼きの娘は、2匹の入った虫かごを開けては、

「あーっ！　ひっくり返りそうっ」

「オトちゃん、ちっともカブちゃんのほうに行かない！」

と、あれこれ気にしてイジろうとする。

私は、

「あんまりイジっちゃダメ！　神様みたいに、大自然みたいに見守るの。そ〜っと、そ〜っと……」

なんて言いながらも、実はたぶん自分が一番内心、気が気でない。

なにをしていても合間合間に遠目から虫かごを確認しては、オロオロと、お見合い成立のために「なんちゃってエネルギー」を手かざししたりして。

結局一日目は、互いに、威嚇し合っている様子で終わってしまいました。

けれど、それから四日目の夜中の2時頃、「キュエッ、キュエッ、キュエッ……」という聞こえるか聞こえないかほどのかすかな物音に気づき目が覚めたのです。いや、「気づく」というより「捉える」と表現したほうがしっくりくるかもしれない。「熟睡中なのに、捉えてしまった！」というような。少して……ハッ……！　と、気づき……逸る気持ちを抑えつつベッドから急いで虫かごに駆け寄ってみる。……やっぱり……！

予想通り、2匹は晴れて結婚していたのです！　私は、嬉しくて、嬉しくて、しばし、その美しい光景に見入っていました。そして「よし、すべて順調だ……」と安心して再び家族がスヤスヤ眠るベッドへと戻りました。

それからは、調べたことにのっとって、卵を採り、親とは別の飼育箱に移し、孵化した幼虫の何匹かを残して山に戻し、まだ元気な「カブちゃんとオトちゃん」の世話に励みました。そして、透明の飼育箱越しに観察できる幼虫を「デカッ！」と感嘆しては、中腰でうっとり眺めていました。気がつけば、誰より夢中になって、私がカブトムシの飼育をリードしている日々。ある時、私は夫と娘に言いました。

「オトちゃんのことは魔法みたいにすぐ見つけるし、ちゃんと結婚することもわかってたし、ママってスゴくない!?」

この時の私は、真剣そのもの。かつ、中途半端な勝者が放つ上から目線な笑みをたたえていたはずです。そしたら、夫が、

「みほちゃんスゴいよね！　……もういっそ、その才能を使ってカブトムシの販売も始めちゃったら？」と言ってきた。

…………。

そんな能力、地味すぎて自慢にもなりませんね。

同じ「特別な能力」だったら、天使からのメッセージが聴き取れるとか、

妖精と話ができるとか、そういうことのほうに開花したいですね。

本気で望んでいるのに、もうひとつピントのズレたあの夏の私の特殊能力のお話。だけどね、カブトムシのことがわかるのは、私の「観察力」がけっこう長けている証、なんじゃないかとも実は思っていたりします。

観察力は、あなどれませんよ。あくまで私の考えですが「観察力」は「その先の能力」と地続きです。

そして、それは「愛する」ことの中に含まれているものだと、私は本気で思っています。

14 「幸せ」はどこにある？

「幸せ」は「起きている現象や状態」そのもののことを指すものじゃないと思っています。

いろんな条件、全部揃えて望んだ状態になったとして、そしたら自動的に「幸福感」が訪れると思いますか？　大事なことを忘れています。

例えば、どんなに美しい音楽が流れていても「聴こうとする力」がなかったらないのと同じ。どんなに素晴らしい風景が広がっていても「見ようとする力」がなかったらないのと同じ。「感じようとする力」があって初めて「幸せ」が存在する。屁理屈でもなんでもない。どれだけ理想を叶えても、「感じる力」を磨いていないと幸せは摑めない。そう、「幸せ」が存在しているのは外側じゃなくて……心の中……幸せは「感じる」ものなのです。

では、「幸せを感じる力」をどうやって育てるか？　私は、想像力を鍛える

ぐー……

ことだと思っています。独りよがりの偏ったそれではなくてね、できる限り高い視点、できる限り広い視点。だけど小さくて、照準を定めたような視点も。様々な角度から、いっぱい、いっぱい想像するのです。私だって偉そうに語れるほどではありませんが。

けれど、例えば「蛇口をひねったら、キレイな水が出る」こと。もしも、その環境に生きていなかったとして、それで水道の存在を知ったら、どれほど有り難く、お伽話のように感じるか……なんてことを、よく想像していたりはします。

中途半端な想像ではわからないかもしれません。それだと、私の言っていることが「キレイゴト」に聞こえるかも。でもちゃんと想像できたら、そうしたら「今、与えられた環境」が夢みたいに幸せだ！　って、気づくことができると思うのです。

すでにもう幸せだよ。そしてそのすでにもう幸せだという状態、「心の周波数」が、「幸せの周波数」の状態であることが、それを引き寄せる魔法ということなんだと思うのですよ。

まぎれもなく「幸せ」は、「心が先」ということなんだと思うのですよ。

15

そんなこと、誰が決めたんだ

娘が小学生の頃、二人で観た「アリス・イン・ワンダーランド」。

私は、感受性が強くて、大画面や大音量はあまりにもインパクトが強すぎて、湯あたりみたいになっちゃうことがあるので、「映画鑑賞」にはあまり積極的ではないほうです。

なのに、これは自分から観たいと感じた映画でした。

そして、観終わった時、この映画を選んだ理由……どうして私がファンタジーを愛するのか？　ということの答えがわかりました。お話の最後のほうで、アリスが言ったあるひとことに対して、マッド・ハッターはこう返したのです。

「そんなこと……誰が決めたんだ？」

私はここで号泣しました。何度思い出しても泣けてきちゃう。そう、私はいつも、本当は限界を突破したい。「ここからここまで」って、いったい、誰が決めたんだと思う？

そう思い出させられた一言でした。

いろんなことに限界をつくって、それを納得していくことが「大人になること」だったんだっけ？　いや、私はルールや秩序は、とても大切だと前提はしたい。そして、「危険な万能感」が存在することも知っているつもりだ。けれど、誰かを明らかに傷つけたりはしないということを、人として守れるならば、大人になるって「制限を突破していくことなんだ」ってほうに矢印を向けていたい。いつも知っている世界……そこから飛び出したファンタジーに、リアリティを感じる私に、深く響いたセリフ。

「そんなこと……誰が決めたんだ？」

このフレーズに出逢うために、私はあの映画を観た。そう、きっと。そして、その問いに対する答えも、わかっているつもりです。それは、他でもない……「私」なんだと。

制限を突破するって大それてる？

いいえ、それこそが「自分に還る」ということでしょう。

じゃあ、その「制限を突破する」って、どうするの……?

まずは「自分で自分に無意識にかけた制限」、もっというと、「他者目線を無意識に信じて自分で刷り込んだ制限」に気づくことが最初だと思うのです。

それには、日々使い続けている「言葉」を精査することが効いてくる。とにかく自分の言葉で話す。誰かの考えを纏った言葉を、無意識に使わない。言葉を発する時に、本音を出せているのか? と自分に問い続ける。

そうすると、少しずつ少しずつ、「自分」がクリアになっていくのです。

玉ねぎの薄皮が、一枚一枚剥がれて、ピカピカの実が顔を出すように。

16 自分という人間の一流になろう

娘と私は、似ているところはとても似ているのだけど、どちらかというと、違うところがいっぱいあります。

例えば、娘の踊る激しいダンス。しかも、かなり上手い。私にはその才能はゼロ。そして、娘と私は「水」がとってもコワイ。……ところまでは同じなのですが、娘のほうは、「だから、克服したい！」と。小学生の頃は、日曜日になると、お父ちゃんにせがんでプールに出かけていたものです。私はそれを半分「すげーなー」と思い、半分「なんで⁇」という疑問の思いで、見守っていました。

自分の幼少期は、といえば……、私は、まぁ、子どもの頃から嫌いなこと

は、徹底的に取り組まなかったんだなと思い出すのです。

泳ぐこと……。大嫌い!!

だから、小・中学校と、水泳の授業は、なんだかんだ言い訳をつけて、ほとんど休んでいました。私の頃は、そんなふうに「具合が悪くもないのにサボる子」は珍しくて、子ども心に「なんでみんなと同じようにできないのだろう」という思いは抱えながらも、やっぱり勇気が出せずに、プールサイドでみんなのタオル持ちをして安堵する気持ちのほうが断然大きかったです。

マラソン大会なんかも苦痛でしかなくて、どうしても途中から歩いてしまうのだけれど、「ビリで悔しい」という思いは微塵もなかった。「ちゃんと走りきれない情けなさ」だけは、胸に残ったけれど……、それで必要以上に自分を責めることもなかったです。だって熱く取り組めることもあったから。

私は、奥に引っ込んでるようなタイプでもなく、大好きなことに関しては、いつもノリノリでした。とくに、「本の朗読」は得意だし大好きで、ツバをとばしながら、恥ずかしいくらいに感情を込めて、大きい声で朗読する子ども

でした。歌うことも大好きで、自分で歌って、涙が出るくらいに感情移入したし、道徳の授業への思い入れは強すぎて、これまた泣きながら熱い意見をとばしまくったものです。

そんなわけで、私は昔から「好きなこと」で自分を突き詰めたいタイプ。そして娘は、苦手なことをも「好きなこと」にしようとできる器の大きい人間です。

私は、そのどちらもそれぞれに素敵なことだと思っています。

自分の心のままに、私という人間を突き詰めよう！

私という人間の一流になろう！

それでいい。それがいい！

17 歌うように

「この街に漂う空気を探しているんだ」と言って、一眼レフを抱えて歩く青年。光と風を追いかけて、真剣な眼差しで、瞬間を捉えようとする。

美しいマカロンをトレーにのせて、無造作に開いたドア先に立ち、友人に試食をすすめる男性は、洋菓子屋の店員ではない。

「趣味で作ってるよ。今回は、レモングラスを入れてみたんだ」と言ってニッコリ微笑む。

開け放った窓の奥は品のいいご婦人が店主の美容室。

店主のことが好きでそこに通う、88歳と93歳と80歳のオシャレなマダムたちは、美しさの秘訣を教えてくれる。

「自分のことも他人のことも敬うことよ」

chocolate

そして「みんながそれぞれに一番美しい」と歌う。

以前、大好きなご夫婦が営むお花屋さんで、素敵な旅番組を観させていただいた。南フランス、アルルの人々。私はその光景に心震え涙した。みんなそれぞれに、自分のままで自分の言葉で話していた。悲しいことや苦しいことも抱えているかもしれない。けれど、そういうことを同居させながら、「暮らす」ことを「詩」のように感じさせる懐の深い豊かさがある。もちろん、現実的なことが「なによりも」大切だと感じている個性も、それは、それで、おおいに有り。そうではない個性も、素晴らしいように。

みんながそれぞれの詩を、自然体に、歌うように暮らしていけますように。

それが私の祈り。

18 ラブレター2

いただきます

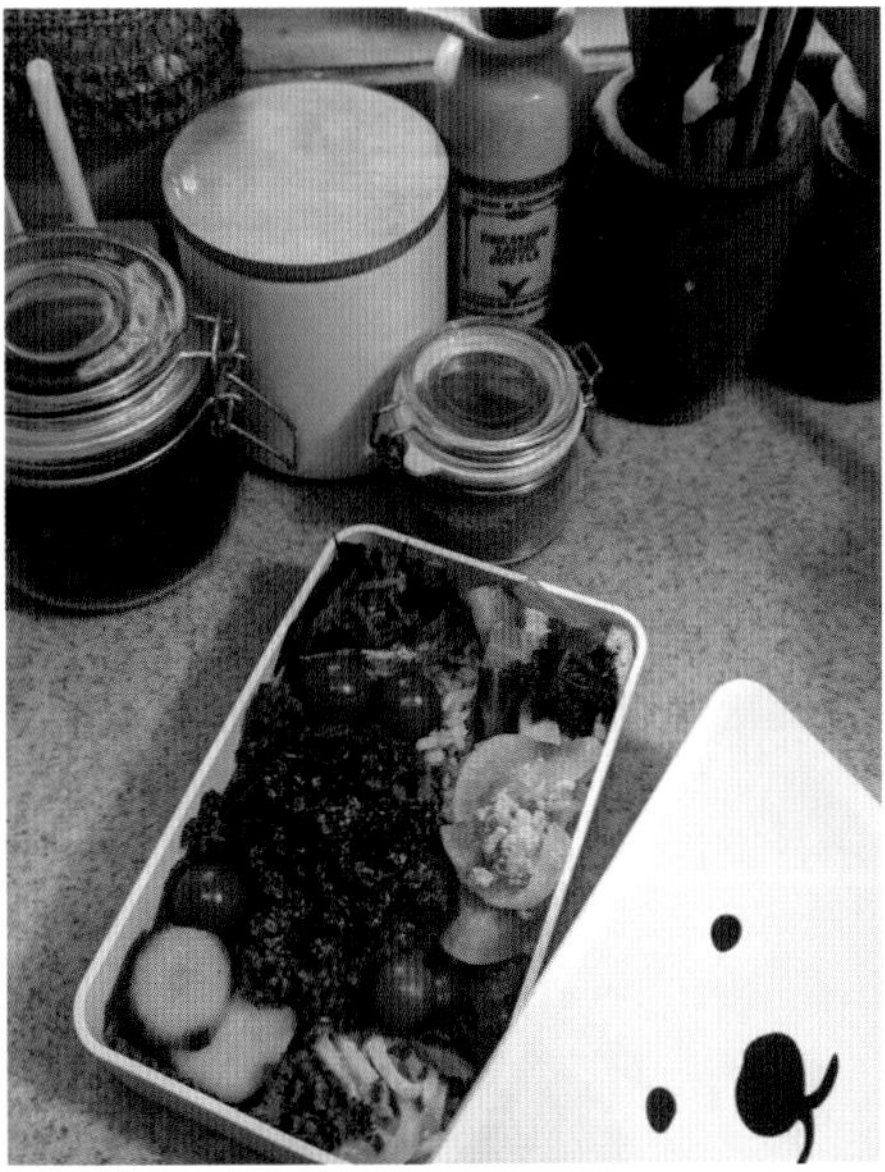

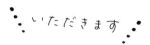

「考えすぎ」だとか「悲観的」だと思われるかもしれません。

けれどあの日、私は「娘を遠足に送り出す」ということに恐れを感じていました。その頃、茨城県南地区を震源に震度5弱の地震があったのです。ずっと言われている「南海トラフ地震」。

出かけた先は海辺の水族館で、いつもより遠く離れた場所に娘を送り出すことに戸惑いを感じていました。

物理的な距離が私を不安にさせていたのでしょう。こんなふうな気持ちでそれを引き寄せてしまったら……という思いと、けれど、蓋をしても、蓋をしてもどうしても出てきてしまう不安。

「このお弁当が、もしも最後の食事になったら」

などと考えてしまう。それで、娘の好物をたくさん作ったり。いや、なにより「お守り」の想いを込めてこの弁当を作っているんだ、と自分に何度も言い聞かせていました。

13時

14時

部屋でゴロゴロしながらも祈っている。「元気に帰ってくる元気に帰ってくる」と呪文みたいに、心の中で繰り返す。やっと授かった一人娘だからなのかな？　それともみんな似たような想いなのかも……。なにしろ、私はそもそも心配性で、それも手伝ってこういう時、自分で自分に呆れるほど疲れてしまう。

16時

ラブレター2

やっときたお迎えの時間。

娘のバスが着く場所にベンチがあって、そこに座って待つ。そしてとうとう、待ちに待った瞬間……大きな観光バスが角をゆっくり曲がって来た!!

私は素早く立ち上がり、深く大きな安堵と湧き上がる喜びで、涙まで滲んでしまう。

「また会えたね！　おかえり！」

そう思っても、娘の前でそれを口にはしないけれど、いつも通り手を繋ぐ帰り道。「あたりまえ」のようで、奇跡みたいな幸せをかみしめる。

怒りすぎてしまうこともある。感情的に「家出してやる!!」と思う日もある。

けれどこの人生で出逢えた幸福を、私は心の奥でいつも感じているのです。

帰ってきて、力を抜いて、いつも通り楽しそうにテレビをみている娘。

この日常の「幸せなシーン」は、刻一刻と過ぎていく。喜びと同時にある悲しみ。

だけど、それは、刹那的なものとは違う。そのすべては私のスピリットの血、肉、脈に刻まれて、いつだって永遠に取り出せる宝物だろう。そんなふうに感じることができた今日。結んだ絆は永遠なんだ。

夕飯までのすき間時間、祝福のキャンドルを灯しながら、喜びのお酒を味わった。

私がいつもいつも祈るのは「家族全員が心身ともに健やかに、１００歳まで長生きする」こと。だからこの祈りは必ず届く。いろんな欲はあるけれど、それらのことは、ただそのために一生懸命、行動して、あとの結果は天にお任せだ。

今日も一日、家族全員、平和に、無事に、過ごすことができました！

それが１００年続くこと……。

そう、これ以上に望むことは、私にはないのです。

ラブレター2

19 始めの一歩

〜私は私自身の、どの部分を受容できていないか？〜

結局、なにかの出来事を通して感じる不調和や違和感って、そのことを知らせているのかなって思うこの頃。まるごとの受容って、たぶんそんなに簡単じゃありません。

「ありのままの自分」を受け容れるって、言葉の響きほど、優しくも易しくもない。だって、ありのままの自分を見つめるって、勇気がいりますよね。

いろんな人が、いろんなことを言います。

「ああするといい」

「こうするといい」

「ああしないほうがいい」

「こうしないほうがいい」

それができない私。そういう私ってダメな人間。そんなふうに、自分を責め続けることを選ぶ。あるいは、それができないことを、なにかや誰かのせいにして、できない自分を別のことにすり替えて誤魔化し、逃げ続けることを選ぶ。責めたり誤魔化したりするほうが楽だという人ね。

「私は、こういうダメなところがあるね。それが、今の私だね」

ぐー

これが、たぶん「ありのままの受容」。それができるようになるまで「不調和」や「違和感」を感じさせる出来事は、手を替え、品を替え、やってきます。

あなたが「変わりたくない」と言うのなら、自分の在り方を責め続けることも、自分の在り方から逃げ続けることも、それこそ、最初の受容をできないことで起きている、二番目のその感情を、そのまま受容していたらいいのです。

「私は私を責めたいんだね」って。

「私は人のせいにしたいんだね」って。

あるいは、心が重かろうとなんだろうと、すごい馬力で前に進む強い精神力があるなら、それも素敵だ！　わざわざ、ほじくることはないでしょう。

けれど「もう苦しいよ」行動することが阻

まれるくらい、「心が重たくなっているよ」というのなら、あなたが感じている、「自分のダメな部分」を、ありのまま、まるごと、「今の私は、こういう人間です」と受け容れてみてほしいのです。

そこからなにかが、きっと動き出します！

「受容する」って、「今の自分の心のサイズ」を冷静に知ることでもあるんですよ。「自分にフィットするサイズ」を知っているほうが、「似合う服を選ぶ行動がしやすい」っていうのと似ています。

そうすると「心」と「行動」が一致しやすいということです。

ちらり

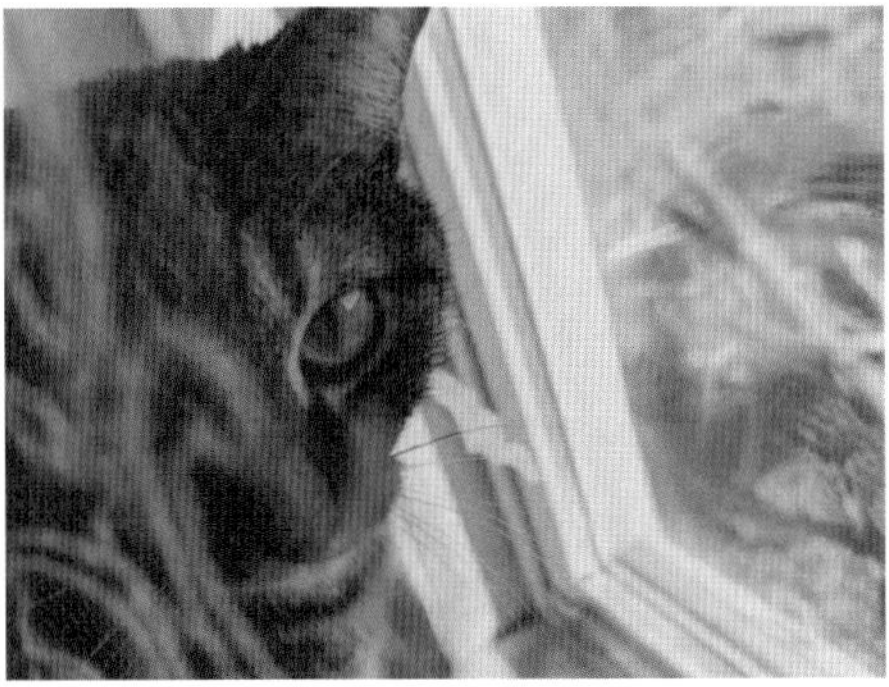

20 愛を生きる人

大好きなお友達がいます。

彼女は私にとって、大切な友人であり、憧れでもある。若いころに夢見ていた「こんな女性（ママ）になるんだ！」のまるで実写版なのです。

なにしろ、彼女はいつも等身大かつ一生懸命、家族をこよなく愛している。

彼女は、家族と繰り広げられる日々の中で、プンプンと怒る日も、「わぁ！

嬉しい！」と素直に喜びをあらわしポロポロと涙を流す日も、「どうしよう……」と悩む日も、「わかってほしい」と懸命にうったえる日もあるのです。あるだろう、と思うのです。

だからだと思います、彼女が素敵なのは。そういう「家族がいるからこそ

起こるであろう」感情のすべてをも、まるごと愛しているのです。まるで、大好きな物語を愛おしむように。

きっと、日々の中でツラさや悲しみも抱えているのだけど、抗わず受け容れて、ありのまま健気に「愛する」を体現する彼女を見ていると、なんだか感動してやたらに泣けてしまうことがあります。

今日も貴女は、お天気が良くても悪くても、必ず開け放つあなたのお勝手口の横で……一杯のお茶を飲んで、仕事に出かけて行ったでしょう。

貴女のお勝手口から、ヒラヒラと、揺れるカーテン。

それは私にとって「幸せ」の象徴です。

第三章　愛の形

21 夫と私の愛の形

夫と私の愛の形

夫と私の関係について綴ってみたいと思います。

ＳＮＳでの発信を、キレイにまとめすぎているのか？　等身大で表現しているつもりはあるのですが……。たびたび、「理想の夫婦です」「憧れです」と、身に余るようなお言葉をいただきます。

まるで出来過ぎの物語のように美しい夫婦関係を想像されているように感じるのです。……が、もちろん私たちは「良い夫婦」だと、私たち自身も感じていることを前提にですが、たぶん、だいぶ人間臭い間柄なのです。

結婚した当初から、それはそれは激しくぶつかり合った私たち夫婦。私は、インナーチャイルドに傷を抱え、そのうえ長女だったりもするから、上手に甘える、ということがどういうことなのかさっぱりわかりません。

なにかのキッカケで、インナーチャイルドが悲しくなって甘えたくても、ちっとも上手に伝えられず……空まわり、それが苛立ちに変わり、夫にぶつける頃には、こんがらがったグチャグチャなお化けみたいな感情になっているのです。

そういう時、夫は「よしよし、いい子いい子……」と、おおらかな気持ちで受け止めるような事は絶対にしません。結婚後のごくごく初期の頃は、私がそういうグチャグチャお化けになると、ダンマリを決め込んでいた夫でしたが、それが気に入らず、私がチンピラみたいに、

「黙ってないでなんとか言ったらどうだ！」

と、胸ぐらつかむ勢いで迫ったら、そこからは「あーいえばこーいう」の泥仕合の日々！　私は何度も言いました。

「信じられない！　子どもの頃、たくさん傷ついた、心にハンデがある私なのに!!」

お互いに、果てしなくとんでもない暴言を吐きあったものです。

ケンカすると夫は、世界で一番憎らしい相手になりました（夫もそう思っていたに違いない）。

今思うと、私は「インナーチャイルドが傷ついている私」を、夫に対してだけは、特権のように振りかざしていたと思います。「そっちがこっちを多めに見て当然だ」と信じていた（他人に対してはまったくそれを思わないのだが）。けれど、「どれだけ辛かったかわかるっ？」と言ってドロを投げつける私に、夫は「じゃあ、こうやって八つ当たりされる俺の辛さがオマエにわかるかっ？」と返してきます。私は、「なんて包容力のない男なんだ！」と驚き、感情を爆発させせました。

「いつか別れてやる！」と、何度も何度も口に出しました。
そういう数えきれない泥仕合を経て、今、私がしみじみ感じていることがあります。夫は、相手が私でなくても、人が、その人の感情のおおもとの部分、例えば「悲しみ」なら「悲しみ」をこねくり回して別のもの、例えば「怒

り」や「八つ当たり」に変えて自分にぶつけてくる人がいると、それは断固として受け取らない人です。相手が娘であっても、夫はそうです。

そして、あまりにもそれを続けていると、相手が他人の場合は、そこから居なくなる。でも、私には「鏡」になって返してくれていたのです。

私は夫との年月の中で「(お化けみたいに変わった感情は)受け入れない愛」「(お化けみたいに変わった感情をぶつけられたら)同じことをして見せつける愛」というカタチがあることを知りました。

そして、たくさんの泥仕合は、私のインナーチャイルドが抱えていた悲しみと怒りを、全部、吐き出させてくれるものでもあったのです。

私は、夫に「よしよし、いい子いい子……」と言っても

らっていたら、たぶん性格上、それ以上は申し訳なくて言えなくなっていたと思います。けれど、憎らしく暴言を返してくれたおかげで、存分に、心の底から、遠慮なく、私のグチャグチャをぶつけることができました。

夫は、私のお化けになった感情は決して受け入れないけれど、ずっと、ずっと見捨てずに、そばに居てくれたのです。

そして、私のことを信じてくれたから、鏡にもなってくれたのだと今は感じています。目の前にいる女が、か弱くて、なにか言ったら消えてなくなりそうだったら、鏡になって暴言を吐き返すことはとてもできなかっただろう。そうやって、私の強さを信じて来てくれたことが、実は私を支えていたのだと今はわかります。

どんなにインナーチャイルドに傷を抱えていたとしても、人は、ちゃんと自分の足で立ち、大人にならなければいけないのです。

それを体当たりで教えてくれた夫は、偉大な私の恩人です。

22 愛が欲しい

人は愛がなければ、幸せに生きていくことが難しい存在だと思います。そして、まわりを見渡して、どこにも見当たらないと感じてしまっていたとしても……なんらかの誰かしらの愛に触れる機会はあるのだろうと思うのです。手にしたお茶碗は、誰かが愛を込めて作ったものかもしれない。カレーに入っていた人参は、誰かが愛を込めて育てたものかもしれない。

だからこそ私は、自分で選ぶものは、できうる限り、愛を持ってこの世界に送り出されたものを選びたいと思っています。

そうしていると人生が温かくなっていくのを実感しているから。「誰かの愛」は、そこかしこに宿り、私たちの人生を豊かに温めてくれているのです。

もしも、「愛由来」のものを選ぶ自由もないと感じている人がいたならば、「けれど愛が欲しい」と泣いている人がいたならば、その時は、自分から「愛

する」ことを選んでみてほしい。
「愛される」ことも、愛に触れていることだけれど、「愛する」ことも愛に触れていられる方法だから。私は「愛が欲しい」と心が悲しがる時は、しばらくは、その悲しみに浸っていたりもするけれど、その時間の先にはいつも「愛する」を選択して、自分から、愛というエネルギーに再び近づいていくことにしています。他者をでもいい、自分をでもいい、花でも、行動に愛を込めても、どんなことでもいいから。そうして、「愛」のおそばにいさせてもらえると、波立つ心は、いつしか穏やかに凪いでいく。相手（対象）に求めずとも、自分で自分を愛で満たしていけることを知る。
いつしかその先に「愛される」は、自然と訪れているから。

23

私は私のままでいい。みんな違ってみんないい。

まだ娘が小さかった頃ですから、ずいぶん前に感銘を受けたお話です。けれど、今でも私の「心の大図書館」に収められている、大切なお話なのです。

ある夕方、娘がふいにつけたテレビで、人気芸人さんのお母様の訃報を伝えるニュースが流れていました。その時、インタビューを受けて答えられていたその芸人さんのお話の内容に、私はひどく胸を打たれ、涙が溢れ出ました。お母様の脈拍が下がり始めた時、彼は急いでお母様の耳にイヤホンをつけ、お母様が大好きな「バラ色の人生」と「愛の讃歌」を聴かせたのだそうです。「ぴったり2曲聴き終わった後、心臓の数値がゼロになりました。これまでの人生で、母の口から人の悪口だとか弱音や弱気、痛いとか苦しいとか、そういった言葉を一度も聞いたことがない。旅立ちも惚れ惚れするようなものでした」と、彼はその立派なお母様の息子らしい振る舞いを意識的にしていらっしゃると見える……、しっかりとした丁寧な口調で語られていました。

そのお母様が、我が子に見せた「散り際までも美しく見せる」心意気。

その「心意気」は、産んでくれた母親を亡くし、悲しみに打ちひしがれながらも、これから先も続く人生を歩んでいくその息子さんの心に、理屈を超えた「高き誇り」を刻んでくれたことでしょう。

親子の在り方のあまりの美しさに涙が込み上げたのです。ですが、私が感じたことはここで終わりではありません。私も娘を持つ一人の母親ですが、私自身は、娘に対して、自分のお腹が痛い時には、

「お腹痛い〜！　触って〜！」とせがんだりするし、仕事のことで、軽く弱音を吐いたりもします。

そこには、私なりの考えがあるし、その芸人さんのお母様を心底尊敬すると同時に、だからといって「そうはなれない自分を責める思考」がありません。

今は、あらゆるＳＮＳが普及して、「スゴい誰か」を知る機会は多いですし、それによって「自分を責めていくかた」が増えているように感じるので

す。そのお母様に関して言えば、私は到底、そうはなれないし、なりたいという憧れも持っていない（厳密に言うならば、散り際はキレイにしたいので、そこは心底憧れます。だから目指していくつもりです）。

ただただ、「自分は違う」という想いと同時に、「そんなにも清く正しく美しく強く」生きることができるそのかたに、その「存在自体」に、心から感動と感謝が溢れており、2つの想いが矛盾なく同居しているのです。そして「自分は違う」という想いは、開き直りや負け惜しみなどでもありません。

「みんな違ってみんないい」のです。

スゴい人を見て「なのに私は……」と思っ

てしまうことを否定はいたしません。それも、かけがえのない「自分流の捉え方」でしょう。けれど「誰かが素晴らしいこと」が、「自分を責める原因」になることを私は悲しく思います。

もしかしたら、そのような思考が生まれる時、それは「自分は、どう在りたいのか？」という部分が曖昧だ、ということを知らせているかもしれません。わかっているつもりでも、「心底、腑に落ちていない」のかもしれません。長いようであっという間の人生。「どう在りたいのか？」のテーマが決まると、生きやすくなると私は思っています。そのテーマは決して大それたことでなくてもいいし、大それたことでもいいし、変わってしまったっていいよね？　とも思います。場面ごとに決めてもいいかもしれません。ただ、とにかく、「自分はどう在りたいのか？」ということ。

私はいつも、それを自分に問いながら生きています。

24 等身大の美しさ

大好きなお友達が、心が苦しくなって、泣いてしまう場面に遭遇したことがあったのです。それを見た時、素敵だなぁ……って。私、胸がキュンとしてしまいました。

女性も年齢を重ねていくと、どこかで、デン！　とかまえた態度や、海千山千的な鍛えられた精神や、若さと引き換えに、「頼りがいのあるおばちゃんに育っていかねば！」と、どこかそんなふうに勇んだ部分が、無意識的にせよあると思うのです。

もちろん、それも誇るべきことですよね。

懸命に、経験から学んで逞しくなったんだもの。愛するものたちを守りたい一心で。でもね、たとえどんなに経験を積んで、酸いも甘いも噛み分けた

等身大の美しさ

大人になったと思ってたって、実のところその内面は、なんにも感じなくなったわけではないだろうと私は思いますし、心を無理に不感症にさせる必要はなくて、瑞々しい感受性が息づいている……ということを、きちんと受け入れることって、それもまた大きな強さだと思うのですよね。

悲しみや恐れを押し込めて、ズンズン進んで行くことだけが強さじゃない。「自分の弱さ」を認識できていないと、本当に弱った時に免疫が働かないこともあると思うのです。

泣いた彼女は、いつも泣いているわけじゃない。地に足つけて、力強く日々を生きているのです。けれど、どうしていいかわからない気持ちには、ちゃんと向き合って正直に泣いていた。不自然な突っ張りのない、可憐さと強さが矛盾なく同居する、等身大の美しさを彼女は見せてくれました。

女性として、憧れるなぁと思ったのです。魅力的だなぁと思ったのです。

25 イメージ

世間では胸が痛むニュースが蔓延り、そのうえ、晴れ間の見えない毎日で、私自身の心は湿度高め。それはそれで、抵抗せずに受け容れているのですが、ただ、ずっとこの感じが定着することは本意でありません。

とにかく、日々、暮らしを調え直すことは怠らずにいよう。そう考えて、一通りの家事をいつも通り済ませた、ある日の午後。リビングでゴロンとした時に「設定（自分が生きる世界のイメージ）を修正」という感覚が降りてきました。

悲しみや怒りや焦りといったような、できればお目にかかりたくない感情に落ちたとしても、そこをとことん味わう時間も必要だというのが私の考えです。

その経験は、想像力、洞察力、共感力などの、心の豊かさに繋げることが

できると思っているからです。

　だからといって、ずっとそこに留まることを望むわけではありません。そこは、然るべきタイミングで軌道修正をかけていく必要がある部分でもあります。

　おっとっと。

　ちょっと「悲しみ」に寄りすぎた気がします。何を自分の潜在意識にインストールするか、イメージすることが大切です。とにかくイメージする。温度まで感じられるほどの、望むイメージを。

　それは、決して言葉で言うほど簡単ではないとも聞きますが、「簡単ではない」という思い込みこそが、それを難しくしているのかもしれないと、私は思ったりもしていて、とにかく下手でもいいから、「私は楽園に住んでいる。とっくに住んでいた！　そうだった。ありがとう」と言葉で、まず、インス

トールしてみるのです。

すると、小鳥や虫が、ハーモニーを奏でる音が耳に入ってきて、自分の肌からは果物の香りが、外に出たら霧雨に光がさして、虹の気配まで近づいてきた……！

こんなふうにして脳は、イメージしたものに合わせて情報を拾い始めるのです。

これが脳の仕組みなのだそうです。

だからこそ、「どのイメージを軸にして生きるのか」を大切にしていこうと思います。

誰かの撒き散らす情報に、知らず、知らず、絡め取られないように。

26 ある日のインスピレーション

宇宙《ソラ》と私の想いは
たぶん同じだ
私が喜べば
宇宙《ソラ》はそのまま受け容れて
同じに喜ぶ宇宙《ソラ》だろう
私が苦しめば
そのまま受け容れて

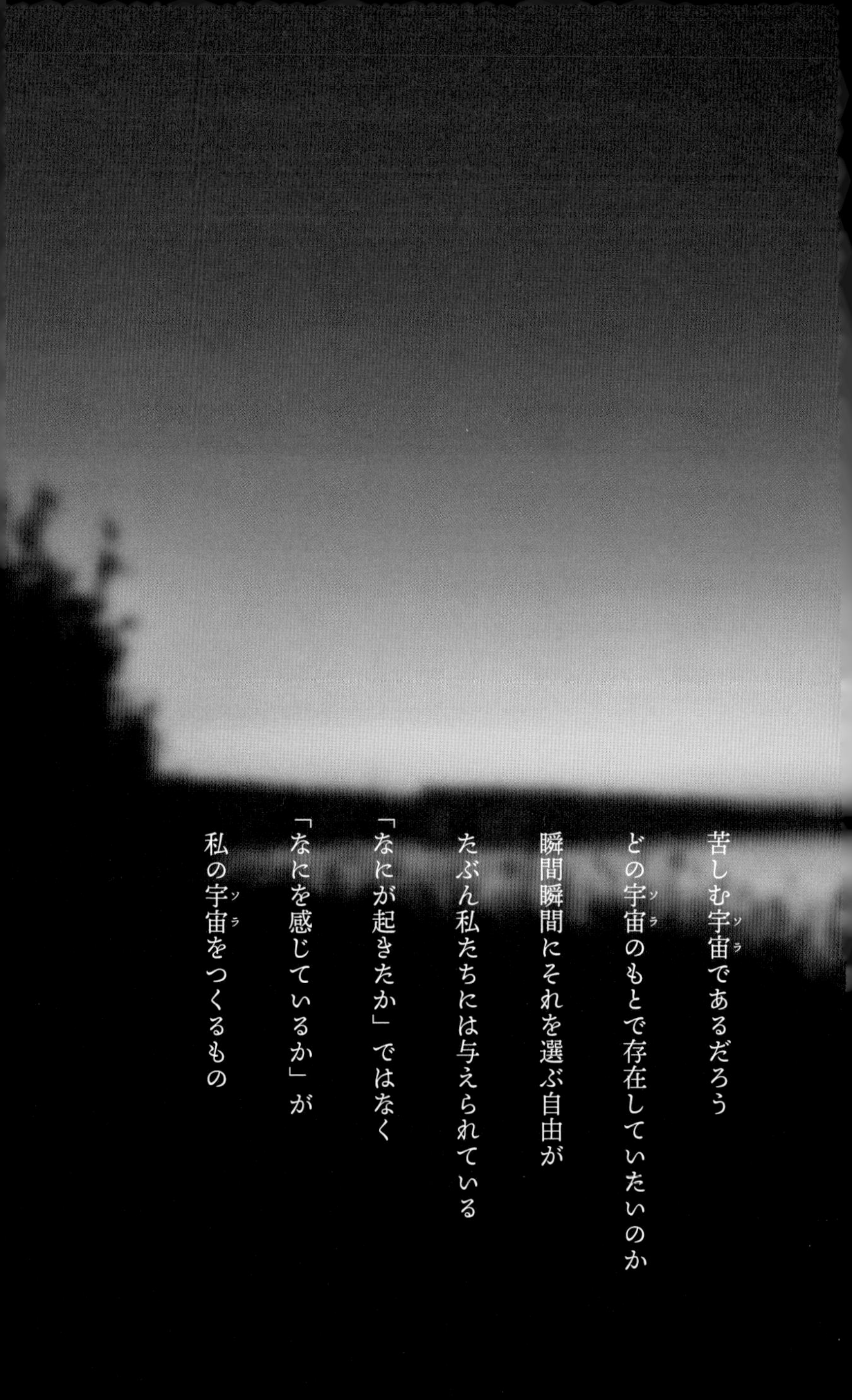

苦しむ宇宙《ソラ》であるだろう
どの宇宙《ソラ》のもとで存在していたいのか
瞬間瞬間にそれを選ぶ自由が
たぶん私たちには与えられている
「なにが起きたか」ではなく
「なにを感じているか」が
私の宇宙《ソラ》をつくるもの

27 レモンの形のお月様

夜の山道をあてもなくドライブした日。とても優しいお月様が、山をお皿のようにして、ふんわりと浮かんでおりました。

レモンの形のお月様。

昔は、爪で跡をつけたみたいな、細い細い三日月が大好きでした。凛として、清々しい、儚さを含んだ強さ。それでいてくっきりとした華やかさも持つその存在感に、もちろん、今も強く惹かれる私はいるけれど。

たっぷりとまん丸でもない。カリンと折れそうでもない。「下弦の月」とか、「上弦の月」とかいう特別な名前もついていない。その「レモンの形のお月様」に心の底から私は癒やされました。

「2つからしか選んではいけない」と言われた時、私は「3番目の道」を考えることが、とても好きです。そこにこそ「私」が在る。

名前を求めながら、名前を求めたくない私がいる。

ならば、どちらも叶えて生きればいい。

白黒ハッキリさせたいと願いながら、その冷たさを恐れる私がいる。

ならば、間に滲む無数の色ごと愛でていればいい。

はっきりさせない、カテゴライズしない、ただあるがままの美しさ。

それをそのまま表したような、優しい、優しい「レモンの形のお月様」でした。

28 あの場所まで

遠い昔、神は一人だった。
暗く穏やかな静寂の中、吹く風も小さな虫さえも存在しない。
たった一人、あらゆる深い深い想いと共に、ただそこにいた。
ある時神は、はじめて想った。

「自分を自分の目に写してみたい」

全知全能である神は、もう一人、自分と同じ存在を創った。それを見た時のあまりに深い歓喜からもれた言葉。

「……有り難い……！」

あの場所まで

孤独に不足はないと知っていて、尚、それをも包み込む安堵感。躍動感。はちきれんばかりの喜びだった。そこから世界は広がった……！

娘がまだ小さかった頃、「ありがとう」という言葉を深く体感したいと思いながら掃除していた日のことでした。ふいに、私の中に、この物語が湧き出てきたのです。

なにかに基づいたわけではなく、あくまで、私の中の物語でした。

けれど、「ありがとう」を乗り物にして、連れて行ってもらったこの場所は、「至福」と呼ぶにふさわしい、愛に満ち満ちた豊かな場所でした。

あまりに感動して、泣きながら味わったあの感覚。時間にして1分ほどだったかと思いますが、まさに「有り難い」体験でした。

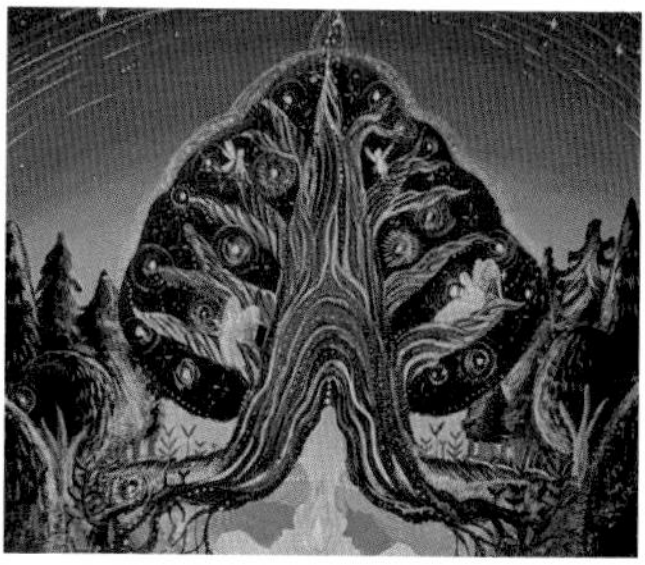

その時の私の心の目に映る「ものも、ことも、人も」すべてがひとつでした。すべてが彩り鮮やかに美しく、「もうなにもいらない」とさえ感じていました。

ありがとう。ありがとう。ありがとう。ありがとう……。

けれど、「行かないで!」とつかもうとした瞬間、消えてなくなりました。私はしばらく、このことを人に伝えることをためらっていました。勝手につくりだした妄想で、ふわふわした夢物語のようにとられるかもしれない。けれど、本当は伝えたかった。「ありがとう」という言霊が、どれだけ素晴らしいかを垣間見ることができた、あの体験を。

そして、そのような美しい言葉を持つ日本人であることを、私は誇りに感じてるということを。

「ありがとう」を心に灯しながら、あの場所まで、今度は自分の足で一歩、一歩、歩んでいきたい私です。

29 幸せを巡らす人

娘がまだまだ小さかった頃に足繁く通ったカフェがありました。

森林公園の前にある、ご自宅に併設された可愛らしいカフェ。

一歩店に入ると、焼きたてのお菓子の香ばしく甘いにおい。お皿のあたる音やお湯の沸く音を邪魔しない静かで優しい音楽。並べられた選りすぐりの雑貨。木を基調としたナチュラルなホワイトインテリア。絵本やおもちゃが並べられたキッズスペース。

出先でオアシスを求めていた親子を、そのすべてが温かく包み込んでくれるのです。

カフェの店主ご本人も、小さなお子様のママということで「子ども連れのママさん大歓迎ですよ」という空気に満ち満ちたその場所は、当時の私にとって一番の拠り所でした。なにより私に響いていたのは、そのカフェの店主のお人柄でした。なにしろ彼女に会うとなぜか自然に「丁寧に生きるスイッチ」が押されてしまう。

彼女は、決して多くは語らない女性なのですが「彼女にしか出せない世界観」をまっすぐに表す芯の強さを感じさせ、それでいて、いつも「まわりに淡いピンクの春風を纏っている」ような、温かな気配を漂わせていらっしゃいました。

彼女が「自分を丁寧に生きる」を見せてくださることで、私の中のそれも、自然に発動されるのです。たとえ、子育てで少し疲れていたとしても、ざらついた心を滑らかにしてくださる。当時の私にとって彼女は女神のような存在でした。

そういえば、彼女は会うと必ず、なにかひとつ「言葉のプレゼント」を贈ってくれました。

決して仰々しい言葉ではなく、さりげないけれ

ど心からの優しい、優しい言葉。

それはもちろん私にだけ……、ということではなく、彼女の前にいるすべての人に向けられているようでした。

「いいとこ探し」をして表現してくれる彼女に、みんな自然と「想いをお返し」したくなる。「義理」とか「たてまえ」などではない「心から湧いてくる彼女への想い」を。

だから彼女はいつも幸せそう。たとえその顔が曇っている日があったとしても、やっぱり彼女は幸せそうなのです。

ヒトでも、モノでも、コトでも、「いいとこ探し」が上手な人の周りでは、幸せの循環が自然に起こるものだからなのでしょう。「幸せ」のほうが、いつも彼女を取り巻いているようにさえ感じました。

さて、その「いいとこ探し」ですが、それは「媚びる」や「迎合」とは、まったくもって別のものだと思います。「媚びる」や「迎合」は、そこに「下心」が透けて見えてしまう。動機が不純なのがどうしてもバレてしまうのです。

いっぽう、「いいとこ探し」が上手な人は嘘や偽りがなく、どんなに小さな「いいとこ」でも本気でそれにフォーカスしています。だからまっすぐ伝わる。そして、「まずは自分を大切に」は、もちろん私も大賛成ですが、その過程で「ベクトルが自分にばかり向いている」と、中々「幸せな循環」は起こりにくいと感じます。もちろん、余裕がなくて「自分だけ」で、いっぱいいっぱいな日も人生にはあるでしょう。それはそれで、許しあえる空気感というのも、またかけがえのないものです。

けれど、その状態にばかり留まってしまうと、ちゃんと目を向ければそこかしこに転がっているはずの「幸せのきっかけ」を見逃しながら生きていくことになります。人間、誰しも、一つや二つや三つや四つ……、決して歓迎できない想いというものを抱えているものです。

「だから余裕がない」で日々がどんどん過ぎていくのは、あまりにもったいない！　と私は思うのです。そういう想いも持っている自分を、優しく受容しながらも、日々の中でできる「まわりのヒト、モノ、コト、の良いところ」を本気で探してみて、できればそれを表現してみる。

なにかしら「欲しい、欲しい」と待っているだけの視点を変えてみる。そんな振る舞いをしていると、見える景色が変わってくるかもしれません。

いつも幸せそうなその彼女が、愛情深いその振る舞いで、幸せを巡らせ続けているように。

30

私は思うのです。

一日、一日、これといって大きな変化は中々ないものだと。そうは言っても「生きる」ということは「選択」の連続で、その「選択」が少しずつ大きなうねり、変化を促していくことは間違いのないことなのだと。

なにを望み、選んでいくのか。

これからも続いていく未来に、子どもたちに、なにを繋ぎ、なにを手渡した一員だったのか……。

一人一人が主体的に進化し、成長を意識し続けていくことは、本当に大事なことだと思います。

「人間なんて、ちっぽけな存在で……」

ちっぽけだけど偉大な

この言葉は、謙虚であろうとする時は、素晴らしい響きを持つかもしれませんが、「地球という星の大事な一員である私」という視点から話す時、それを言っては何も始まらないよ、と私は感じたりもするのです。
「なにも変わらないかのように見える日常を愛でる私」と「地球（もう少し縮めると日本）の進化、成長を決定していく一員である私」。この2つは深く繋がっているということを、心にきざみながら暮らしていたい。
「ちっぽけ」って簡単には使いたくないなって思うのです。

31 ストーリーテラーの眼差しで

新型コロナウイルスによって、世界は様変わりしました。

では私はどうなのか？　といえば、世間が騒がしくなるほどに、内面はバランスを取ろうと鎮まってゆき、穏やかで、広くて、安心した「自分の真ん中にくつろいでいる」という状態に自然に戻る術を身につけたように感じています。

もしもパンデミックが起きなかったとしたら、今、私に訪れている「凪」はあっただろうか？

わからないままに、不安と恐れの渦に巻き込まれるのはイヤだから、起きている現実を「自分の肌感覚」そして「信頼できると感じた情報」を通して、冷静に見つめてきたのです。

時として、世間に渦巻く不安の波に飲み込まれてしまいそうな心細さに襲

われた日もありました。

けれど「私の半径2メートル」程を見渡せば、温かな調和に包まれた暮らしが、そこにあるだけでした。それは本当に有り難いことに。その繰り返しの中で、なんにも起こる前に慌ててジタバタして、むやみにエネルギーを与えるならば、平安は訪れることはないのだ、ということを知りました。

そして今、私はあたりまえと感じるような毎日の尊さを、前にも増して味わい、感謝して暮らしています。退屈で、うまくいかず、不貞腐れる日もあるけれど、すべてが愛しい物語だと、ストーリーテラーのようにそれらを眺める私がいます。

そして、毎日祈っています。

何かを悪にして対峙することで、力(経済など)を燃やそうとする社会構造があるとするならば、それに巻き込まれている私たち、そして、巻き込みたい支配者たちをも祈っていたいと思います。

幸せの真の在処。

それが、条件によって曇らせられるような、そういう時代が明けていきますように。

そこに埋もれた私たちが、目覚めていけますように……と、毎日、毎日、祈っています。

おわりに

どうして、そう感じるのか？
あらためて考えてみると、根拠が見つからないので、もしかしたらこれは、私がこの世界に生まれて来る時に神様が持たせてくれた「お守り」なのかもしれません。

幼い頃から、自分のことを、「幸せな星の下に生まれた私」だと思って、生きてきたのです。

温かな家庭で育ったとは言い難く、安心してまどろむ場所に焦がれていた日々も……。
体力と根性が少なめで、仕事が続かず、自己嫌悪だった日々も……。
10年を越える不妊から、周りを羨み、悲しみに暮れた日々も……。
私の心の奥に点る「小さな灯り」は、いつの日も消えることはありませんでした。

どんなことがあっても、
「幸せな星の下に生まれた私」として、そこに立ち返り、歩んでくることができました。

戦争も、深刻な飢餓もない……平和な時代の日本に生まれて来られたということも、大きかったかもしれません。

なんだかんだと、個人的ないろいろはあろうとも、平凡に生きる世代として、これから先も暮らしていくだろうと思っておりました。

そんな中、
２０１１年に東日本大震災
２０２０年にはコロナパンデミック

が起こり、私たち一人一人の中にあるそれぞれの価値観が、否が応でも洗い出され……鮮明に浮き上がるという体験をいたしました。

この流れの中で、私に残ったものは……やっぱりそれでも、

幸せな星の下に生まれた私

であり、この星で、家族と共に（広い意味での家族も含めて）名もない日々を、味わい、愛でていきたいという想いなのでした。

「夢は？」と問われたら、だからそれしか、今の私にはハッキリとした答えが見あたりません。

ただ、敢えてもう少し言葉を足すことが許されるなら、

「一人の生活者として、それを周りに波及する者でありたい」という想いが湧き上がります。

この本は、そんな私の夢の現れです。

出版が決まってからの私は、この奇跡のような現実に胸がいっぱいで……、そこに照準を当てさえすれば、いつだって泣き出してしまえるほどに、感謝と感動で溢れかえっています。

やっぱりこれまでもこれからも、私は幸せな星の下で、夢の道の上を歩き続ける者なのです。

最後に……

出版を実現させるために、私を越える熱量で、代わりの一歩を出してくれた、友であり、奇跡を起こす女神である日野和美。

私の夢を、あたたかく照らし支え続けてくださる、Webマガジンメンバーの皆様。初めての出版で、緊張MAXだった私に、おどけた一言でこわばりをほどいてくださったClover出版小田さん。

メールのやり取りで、いつも心を尽くし、言葉を尽くして、涙が出てしまうほどの愛情を注ぎ続けてくださった編集坂本さん。

デジタル対応が苦手な、アナログすぎる私に、イヤな顔ひとつせず、寄り添った方法を考えてくださった編集阿部さん。

私の成長と喜びの、一番の理由である娘。呑気なような、夢想家のような私を、ありのまま受け容れ、全力で守ってくれる夫。

そして、この本を手に取り、選んでくださった貴方。

この場をお借りして、皆々様に心からの感謝をお伝えさせてください。

私の夢を叶えてくださって、本当に本当にありがとう！

皆様の幸せな毎日を、愛を込めてお祈りしております。

中和田　美穂

プロフィール

中和田　美穂　Nakawada Miho

1969年1月生まれ。夫、娘、猫と共に、小さな住宅街の端っこに暮らす。普通の主婦で、エッセイストで、時々セラピスト。
あたりまえの日々を、詩を読むように、感じ愛でたいロマンチスト。
2017年よりスタートさせた有料Webマガジン〜ココロ・暮らしセンスアップマガジン Maria Tree Style〜は、現在もFacebook・プライベートグループページにて、継続配信中。

中和田　美穂

購読を希望される方は、
Facebook・メッセンジャーに
「マガジン購読希望」と
送信ください。

装丁・本文デザイン／宮本紗綾佳
写真／中和田美穂
イラスト／蓮田静
校正／伊能朋子
編集／坂本京子　阿部由紀子

「君は僕の太陽だ」と夫に言ってもらいたい
〜愛で溢れる毎日を 丁寧に味わう暮らし方

初版1刷発行●2023年8月28日

著者　中和田美穂
発行者　小川泰史
発行所　株式会社Clover出版
〒101-0051
東京都千代田区神田神保町3丁目27番地8 三輪ビル5階
TEL 03-6910-0605
FAX 03-6910-0606
http://cloverpub.jp
印刷所　日経印刷株式会社

ISBN978-4-86734-164-3　C0077